BLESS

Gehe er-
hobenen
Hauptes
durchs
Leben.

Fühlt sie sich nicht eingeengt?

So klein, wie sie sich macht ...

KRITZEL

KRITZEL

KRITZEL

Die obere Gesichtshälfte kolorieren wir in einer auffälligen Farbe ...

Wobei ihr verlegenes Stirnrunzeln wohl eher eine trendige Masche ist.

Aia-kun!

RECK

...gawa-kun*!

Udagawa-kun!

... dann runden wir alles mit einem mauveartigen Pink ab und lockern es mit hellblauem Eyeliner auf ...

* Anrede für Jungen und jüngere Männer.

WAPP

Was?

Artist-Wettbewerb beim Aoi-Festival
• Model (eine Person)
@ Aia Udagawa 卌卌卌卌丨
Kato 〓
Suda 〓〓
• Stylist (eine Person)

Aia-kun, warst du nicht in der Mittelschule Model?

Du vertrittst uns.

Viel Erfolg!

APP

6

Können wir kurz die Aoi-Con besprechen?

Nicht schon wieder ...

Sie ist riesig.

Was? Jetzt?

Okay ... Meinetwegen ...

Wie war noch gleich dein Name?

Udagawa-kun?

Beides unfreiwillig, aber geteiltes Leid ist halbes Leid.

Wir beide vertreten die Klasse - ich als Model und du als Stylistin.

J... Jun! Jun Sumisaki!

Verstehe. Deshalb hat man dir die Aufgabe aufgedrückt. Niemand sonst wollte sie übernehmen.

Ich bin im Exekutivausschuss des Aoi-Festivals!

n, im st, ich e mich, er Aoi- dabei in! Sie n aller nde!

KNÜLL

Viele unserer Schüler streben eine Karriere in der Entertainment- oder Kosmetikindustrie an, deshalb bekommen wir sogar Presseanfragen von außen.

Für Aufsehen sorgt auch die Hausregel der Aoi-Con: Ein Schüler wird zum Stylisten ernannt und kümmert sich um Haare, Make-up und Outfit, während ein anderer als Model über den Laufsteg läuft.

Am wichtigsten ist jedoch ...

Stimmt, die Aoi-Con zieht jedes Jahr mehr Aufmerksamkeit auf sich.

8

Wir Zehner liefern bei der Aoi-Con eigentlich nur das Vorprogramm für die Älteren, worauf aber niemand von uns wirklich Lust hat.

Ja, aber das trifft nur auf Schüler der höheren Jahrgänge zu, die von Natur aus mehr im Rampenlicht stehen.

... dass di Follower-Z der Schü die bei de Aoi-Con e folgreich s sich sich a Social Me angeblic signifikar erhöht.

... und das Styling einem stillen Mitglied des Ausschusses aufdrücken, das bestimmt nicht protestieren wird.

Wesha sie da Mode jemand anver traue der sc Erfahru hat ...

...

Aber sag mal ...

Wobei ich seit über einem Jahr nicht mehr gemodelt habe.

Ich ge mein B tes, um kein Klo am Be zu sei

9

Das
llt mir
chon
eit der
assen-
erstun-
e auf.

Mach ich
doch gar
nicht.

Warum
versteckst
du ständig
dein Ge-
sicht?

Weil
mich sonst
alle auf mei-
ne Sommer-
sprossen
ansprechen.

Tokyo – Miss World Miss Contest

SCHLUCK

Ah ...

Ähm.

as
...

Ach so!
Ich kann sie
dir abdecken,
wenn sie dich
stören!

Überhaupt nicht, das ist unglaublich! Sie hätten dich zum Stylisten ernennen sollen!

Ach, lass.

Das ist bloß ein Hobby.

Wahnsinn ... Das ist ein Studienbuch, oder?

Darf ich mal sehen?

Aber niemand erwartet, dass ich gut in Make-up bin, oder?

Sorry? egen der stüme für orgen ...

Klar, ich hab früher mal davon geträumt ...

... Make-up-Artist zu werden.

Es ist einfacher, das zu tun, was unser Umfeld von uns erwartet, oder?

Denn wenn wir zeigen, wer wir wirklich sind, und damit scheitern, ist das hart.

Allem Anschein nach hat man dir gesagt, dass du kein Talent hast.

Wenn zwei Seiten sich mit aller Kraft in eine Kollision stürzen, splittert letztlich die zerbrechlichere und tut sich weh.

Quasi wie bei Prüfsteinen und Diamanten.

14

Wenn andere Leute mich sogar darauf aufmerksam machen, dass ich kein Diamant bin ...

... brauche ich wenigstens nie mit jemandem zu kollidieren.

Uda-gawa-kun ...

Wollen
wir ...

. unsere
ollen tau-
schen?!

Hast du
mir nicht
zuge-
hört?

Eigentlich
würdest
du doch
gern das
Make-up
machen,
oder?

Ach,
wobei
in dem
Fall ...

Niemand
rwartet von
ir, dass ich
ut schmin-
ken kann.

...

... ich ja
dann das
Modeln
über-
nehmen
müss-
te ...
Mist!

Das mache ich, um mit den anderen Mädchen auf Augenhöhe zu sein!

Wenn ich das nicht mache, wirke ich leicht einschüchternd auf andere.

Zumal du ständig einen krummen Rücken machst und deine Haltung schlecht ist.

Du bist groß, hast aber keine Modelerfahrung, richtig?

Abe... es is... scha... um d... Tale...

Uuuh...

Auf jeden Fall treffen wir uns morgen um zehn hier! Zur Besprechung!

KRITZEL
KRITZEL
KRITZEL
KRITZEL
KRITZEL
KRITZEL
KRITZEL

Sicher? Wenn du einschüchternd wärs... hätte ma... dir bestim... nicht die R... des Klass... vertreter... aufgedrüc...

Hier?

STRÖM

Am nächsten Tag

Besprechung?

DRÖHN

Du ... wohnst nicht hier, oder?

Udagawa-kun!

HALL

HALL

Snack
Suzu

Quatsch ...
Ich jobbe hier.

DRÖHN

Hey,
Jun-chan*!

iedlichende Anrede für gute Freund*innen und kleine Kinder.

Ihr Job überrascht mich genauso wie ihr Walk. Die Frau ist ein Rätsel!

Wie war ich?

Wow. Das is keine Haltun die man sic über Nacht aneignet.

Wissen die anderen nichts davon?

Warum hast du dich mit dem Könne nicht gleich al Model bewor ben?

Ich habe mich nicht be- worben ...

Ich trainiere seit meiner Kindheit kontinuierlic Laufen. Für all Fälle, weil ich zumindest gro bin. Meine Mu ter hat es mir beigebracht.

22

Aber egal.

Sie ist wie ich!

Aber ich hat nie vor, anzufe ten.

Sie passt ständig auf, dass sie nicht aus der Rolle fällt!

Vor allem mit dir als Ex-Model in der Klasse.

Weil es zu a strenge gewes wäre, e auszud kutiere

U...

Und ich erst!

Ich bin überzeugt davon, dass die anderen einen Schock kriegen, wenn sie dich wie heute sehen!

Inzwische bin ich ge spannt dara was passier wenn du mi schminkst

Das kann ich leider nur schwer präzisieren.

...

Was meinst du mit »wie heute«?

Glaubst du, du kannst es aus mir herausholen?

Mit der Kraft deines Make-ups?

Wäre
doch ge-
lacht ...

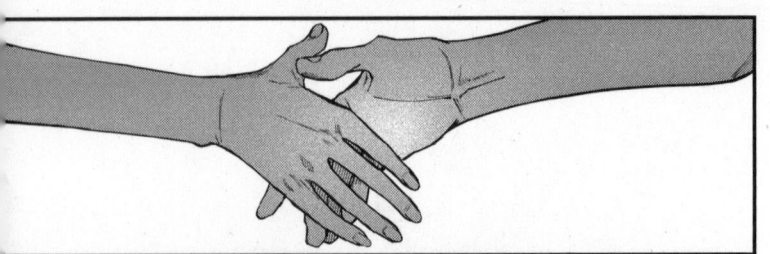

So vertraut ?!

A... Ai...

I... Ich gebe mein Bestes, mich daran zu gewöhnen ...

Und bitte nenn mich einfach Aia ...

Was?

Gesagt, getan, aber ...

26

Das diesjährige Thema der Aoi-Con ist »Verwandlung« ...

Das von eben sah doch gut aus.

Wozu mir rein gar nichts einfällt ...

Bitte sehr, vom Chef.

TOCK

Thema
Verwandlung

N... Nächste Idee! Mach mit der nächsten Idee weiter!

Das muss die Quittung dafür sein, dass ich mich über die anderen lustig gemacht habe.

Wenn ic nicht ger dich schn ke, imiti ich imme irgendei Vorlage

Ich ...

Ich ...

In was willst du dich verwandeln, Sumisaki?

Ich weiß nicht, was ich sein will oder wie ...

Müssen wir die Sommersprossen tatsächlich wegmachen?

Wenn du irgendwas nicht magst, sag sofort Bescheid.

Ähm ...

Viele würden das wohl tun ...

Einige Erwachsene lassen sie sich sogar weglasern.

Ich ...

Ich wurde von klein auf mit einer Sonnenblume verglichen.

Meine Größe und meine Sommer sprossen habe ich von meiner Mutter geerbt. Beides erinner immer alle an eine Sonnenblume.

Äh ... Lach ruhig, überhaupt kein Problem.

ERRÖT

»Sonnen-
blume«
klingt
doch
super!

Was hör ich da? Sonnenblume?

Chef!

STÜTZ

Ja, genau.

KLACK

Wir haben hinten ein perfektes Kostüm. Es gehört dir!

Deshalb hast du mich gebeten, sie nicht abzudecken.

Allmählich ...

... habe ich ein Bild vor Augen ...

Ein Mädchen, das eine Sonnenblume sein möchte!

Wenn sie geht, wirkt sie so frisch wie der Sommer.

Manchmal jedoch wird der Sommer ...

... von Regenschauern heimgesucht.

Es reicht immer noch nicht.

Irgendwas fehlt ...

In der Kosmetikabteilung eines Kaufhauses ...

... war ich noch nie.

Wahnsinn!

So vieles an Sumisaki ist rätselhaft.

Ich war immer neugierig, aber alles ist so teuer hier.

Und man hetzt in Kaufhäusern immer so ...

Wie schön ...

Waah ...

Ich bin hier, um Inspiration für Produkte zu finden, die zu Sumisaki passen!

Konzentration!

Dieses Jahr scheint der Trend zu geschmeidigen Farben mit erhöhter Sättigung zu gehen.

Sie nehmen schon Bestellungen für limitierte Winterartikel entgegen.

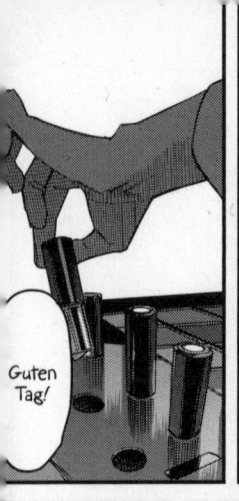

Guten Tag!

Das ist nicht ...

Ihr Freund darf sich auch gern setzen, wenn er mag.

Möchten Sie unsere neuen Lippenstiftfarben ausprobieren?

Verstehe, aber Sie haben offenbar Interesse?! Ich bringe Ihnen einen Flyer!

DAIYA

Hikaru Oya macht eine Make-up-Show!

Er wird von allen wegen seines Namens »Diamant«* genannt! Gleich findet eine Show statt, in der man ihn umsonst erleben kann.

...

Er ist momentan sowohl das beliebteste Model als auch der gefragteste Make-up-Artist!

Ist das nic ein Alum unsere Schule

* Das japanische Verb »hikaru« bedeutet »strahlen«.

Niemanden will ich ...

Ich muss kurz aufs Klo.

Hä?
Aia?

... weniger treffen als ihn ...

GRAPSCH

Lange nicht gesehen!!

Aia und ch waren der gleichen Modelagentur!

t's?

Nein!

Ich bin Oya! Hattest du eine ältere Schwester, Aia?! Oder ist das deine Freundin?!

Ihr kennt euch?

Zumal er auch noch sein geliebtes Schminken schmeißen wollte.

...

Als das designierte Aushängeschild unserer Agentur aufhörte, waren alle außer sich vor Trauer!

Du antwortest mir nicht mehr auf Line!

SST

Er war das, was ich gern werden wollte. Dafür bewunderte ich ihn.

Geht's dir gut?

Komm, guck dir meine Show an!

Dass wir uns hier treffen, bedeutet, dass du wieder Interesse am Make-up hast, oder?!

h ...
er ...

Hilf mir bitte kurz!

Und du!

Ich?!

Hallo zusammen! Ich bin Oya!

Ihre Haut habe ich bereits vorbereitet. Jetzt trage ich das Make-up von der Grundierung bis zum Finish auf!

Heute trag[e] ich diesem Model ein al[ltagstaugliches] tagstauglich[es] Make-up auf!

Ich stimme auf der Wange den Farbton ab. Dann tupfe ich ihn so auf, dass die Haut dünn bedeckt ist!

Augenringe deckt man besser mit Augengrundierung ab als mit Concealer. Das vermeidet Fältchen.

Trotzdem will ich Oyas Make-up sehen ...

Wäre ich bloß gegangen

SACK

Seine Technik hat sich seit damals sogar noch verbessert.

Es wurmt mich, aber er ist handwerklich super.

Du hörst auf? Warum?

Gerade deshalb.

Du magst es doch noch. Warum also?

Du willst kein Make-up-Artist mehr werden?

Deshalb betreibe ich es, na ja ... lieber als Hobby.

Ursprünglich war es bloß so etwas wie eine Spielerei.

ZUCK

Okay!

Das macht das Make-up auf Anhieb vollkommen!

Jetzt trage ich rund um die Augenbrauen und die Mundwinkel Concealer in einem hellen Farbton auf.

Wir sind schon beim Finish.

Jede Bewegung ist akkurat und sitzt auf den Punkt.

TUPF
TUPF

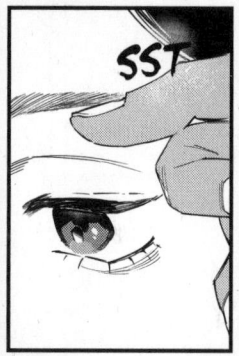

SST

TUPF

Er wirkt eher wie e Sportle als wie e Künstle

TUPF

Unter den Wangenknochen bringe ich Frische rein.

SST

Da sie heute sicher direkt nach Hause geht, wähle ich für das Finish Braun.

Eigentlich wäre mir Rot lieber ... Aber wenn sie zu hübsch aussieht, kriegt sie womöglich Lust, einen Abstecher zu machen!

Das kenn ich ...

Trotzdem geht er auch darauf ein, was die Zuschauer sehen wollen.

Es gibt bei dieser Farbe unterschiedliche Pigmentqualitäten.

Ihre Sommersprossen ...chen eigent... ...ch ihren besonderen Reiz ...us – würde ich gern sagen ...

Je länger ich ihm zusehe, desto stärker macht er mir bewusst, wie groß die Kluft zwischen uns ist.

42

Abe
heu
kasch
ren v
sie e
weni

Nein ...

Ich trage
nur wenig
auf und
stäube
Glanzpuder
drüber.

Schlie
lich m
viele Le
Somm
spross
nich

KRAMPF

Das
passt ni
zu ihr

43

Einwände machen.

Aber ich sitze im Publikum und habe kein Recht ...

Uda-gawa-kun ...

Was?!

Du hast heu-te frei.

SCHRECK

Da vorn.

Am nächs-ten Ta

KLIMPER

Hallo!

Hey! Jun-chan!

Wo bleibst du denn?

Setz dich!

Okay, darf ich die alle nacheinander an dir ausprobieren?

KNISTER

Na ja, tatsächlich war Oya-san* perfekt.

Dass ich abgehauen bin?

Es war zum Davonlaufen ...

Nachd du gest mitten gegang bist, w ich mir cher

* Höfliche, geschlechtsunabhängige Anrede.

Aia ...

Bis er deine Sommersprossen kaschierte.

W

Er wird bei der Aoi-Con Special Judge der Jury sein.

!

Der Koffer ...

Nach der Show beka ich eine Nac richt von ih

WAPP

Er gehört mir.

Das ist alles meins.

Ich finde ...

Wahnsinn ...
So viel Zeug hast du?

... »Son-
nen-
blume«
passt
gut zu
dir!

Dafür ziehe ich alle Register.

Ich will, dass es alle erfahren!

Dass unter uns ein unglaubliches Mädchen ist!

Ich kann dir aber nicht versprechen, dass meine Methode so gut ankommt wie Oya sans ...

Ich glaube an dich Udagawa... Aia-kun.

Kein Problem.

Ich hole alles aus mir raus und zeige ihnen Jun Sumisa als Sonnenblume.

Lass uns kämpfen.

Zeig mir, was in mir steckt.

Was ich selbst noch nicht über mich weiß.

Diesmal verwandle ich dich.

Mach ich.

Auf dem Lauf-steg!

52. Aoi-Festival

Alle sozialen Netzwerke posten den aktuellen Trend!

Versteh ich...

Das Voting ist ein perfektes Kopf-an-Kopf-Rennen.

Das nächste Paar bitte!

Tag der Aoi-Con

STAFF

SCHWEB

Das Paar mit der Start–
nummer vier!
Nishida und
Fujiwara!

Spannend,
wie unterschied–
lich sie das Thema
»Verwandlung«
interpretieren!

Süüüß!

Ein
Hexenmäd–
chen ... Sehr
passend
für Ober–
schüler.

53

TUPF

Schön,
wenn man
so jung
ist!

TUPF

Dior

FIXIER

Abstufungen von frischem Grün bis hin zu hartem Kupfer...

Sie wirkt exotisch.

Die explosiv Energie einer f pe, die sich in e. Schmetterlin verwandelt.

Die Faszination neuer Entdeckungen ...

Diese Energie steckt in Sumisaki.

Bleib im Flow ...

Keine Sorge.

Die Grundierung trage ich sorgfältig auf, den Eyeliner spielerisch.

Sumisaki hat ihrerseits ihre Haut für mich geklärt.

SST

Augen zu ...

Okay!

Gelb wie die Sonnenblume ...

Siehst du das auch?

Ja.

Da tut sich was ...

KRAMM

Sag mal ...

Ah...

Sorry!

56

Gab es bei uns ein so auffälliges Mädchen?

Der Spiegel ist frei!

Das heißt ... wir haben noch ungefähr fünf Minuten.

Ich habe gerade »Nummer sechs« gehört!

Nummer sieben! Fertig machen!

Make-up, na ja ...

... betreibe ich lieber als Hobby.

Das war gelogen.

»Zeig mir, was in mir steckt. Was ich selbst noch nicht über mich weiß.«

Unser Schlachtfeld ...

... ist der 1,2 Meter breite Laufsteg.

RAUN

KLATTER

YUKI

Krasse Ausstrahlung ... Sind das Trockenblumen?

Irgendwie wirkt sie ... kämpferisch.

Aber sie läuft wunderschön.

Sie ist riesig.

...

Los!!

FFFHHH

Untypisc für eine Ob schülerin Vergleich den bishe gen Paare würde ich sagen ...

Bin neugierig auf ihre Interpretation von »Verwand lung«.

Sumisa-ki ...

PACK

Verstehe,
Verwand-
lung ...
Nein ...

WAAAAAH

Du,
bin ich gut
gelaufen?

Ja.

Gut.
Erhobenen
Hauptes.

Das ...

... war ich
wirklich.

ZIEH

74

Gleich-
falls, Frau
Direktorin!
Sie haben
sich kein
bisschen
verändert!

Danke für
deinen Ein-
satz heute,
Oya-kun!

»Je
mehr ...

Ah
ha ha!
Ich krieg
Angst!

Es wäre
schön,
wenn sie
als Kunst-
schaffende
genauso
erfolgreich
würden
wie du!

Ich
muss schon
sagen, allen
Schülern, die
wir gesehen
haben, steht
eine goldene
Zukunft
bevor!

... dass ich
kein Talent
habe.«

Je mehr ich
dich beobachte,
desto schmerz-
hafter wird mir
klar ...

Wissen Sie, wer mir am meisten Angst macht?

Sagen Sie, Frau Direktorin ...

Nicht die Talentierten.

Sondern die, die wissen, dass sie kein Talent haben und trotzdem verzweifelt mit mir wetteifern.

Oh ...

Kein Wunder, seit der Vorbereitung auf die Aoi-Con benutze ich es ständig.

Meine Erspar- nisse aus Model- zeiten ...

... sind leider auf gebraucht, fürchte ich ...

Aia! Du wirkst bedrückt.

tier,
nn dir
on was
ckeres
d krieg
gute
aune!

Opa!

RATTER

RATTER

RATTER

RATTER

Okay, bis
später!

RATTER

WAPP

ば!

* Essstäbchen.

Ver-
dammter
Alter!

Die Aoi-
Con war
vorbei und
die Aufräum-
arbeiten
waren
erledigt.

Der normale
Alltag zog
wieder ein.

Du,
Sumisaki-
san?

Willst
du nicht
Model
werden?!

Wechsel
auf eine höhere
Schule,
Berufsein-
stieg ...

Berufswunsch

Berufs-
einstieg
...

Du bist groß und hast ein schmales Gesicht! Du wirst locker Model!

Seit deinem Auftritt bist du einen Kopf größer geworden!

Richtig, das wollt ich dich auch fragen!

Schließlich warst du bei der Aoi-Con unglaublich!

Udagawa-kun hat sie geschminkt, richtig?

Hab ich auch so in Erinnerung! Weshalb ich so erschrocken war, als Sumisaki-san rauskam!

Sein Make-up brachte ihre Sommersprossen zur Geltung und passte perfekt zu ihr!

Ä... Äähm ...

Wobei... sollte Udagawa-kun nicht ursprünglich Model sein?

SHRECK

Hn?!

WAPP

Huch?!

Ach ...
Nein ...
Schon
gut, ver-
giss es!

BLUSH かぁぁ

Mist,
ein biss-
chen ... freu
ich mich ...

Ich
wusste
gar nicht,
dass du auch
schminken
kannst!

Duhu?
Bringst
du mir das
auch bei?

Warum
sprichst
du nicht
bei einer
Modelagen-
tur vor? Wir
kommen, um
dich anzu-
feuern!

Äähm ...

O ...
Offenbar
hat sie mich
missver-
standen ...

Sein
Pokerface
ist so per-
fekt, dass
man manch-
mal Angst
bekommt!

84

Sie über-
fahren sie ...
Als ob das
so einfach
wäre ...

Ob wir
überall gut
ankommen,
ist eine an-
dere Frage.

Wir haben bei
der Aoi-Con nur
gewonnen, weil
alle anderen
Darbietungen
das Niveau von
Schulvorfüh-
rungen hatten.

Ich frage
mich, wie
weit wir es
schaffen
könnten?

Anfrage für einen Job/ Tadashi Mori ...

ezüglich freuen wir uns Ihnen
teilen, dass wir gern mit Ihnen
nmenzuarbeiten würden.
Webseite unserer Firma finden
hier:

Wir würden Sie gern als Make-up-
tist an dieser Sonderausgabe zum
hema Make-up mitwirken lassen.
Wir würden uns freuen, Ihnen in einem
persönlichen Gespräch die Details zu
erklären.
Über eine Antwort an diese E-Mail-
Adresse freuen wir uns. Wir hoffen,
wir hören von Ihnen.

Tadashi Mori
xxx-xxxx-xxxx (z.H. M
Firma Chiyogami-Ge
xx-xx-x

Ich
frage
mich ...

Vorsprechen ...

Kl... Klingt gut ...

Und ich?!

Guck, s hier et dem- ächst tatt!

So spontan schreitet sie zur Tat?!

Echt? Juchhu, mega!

Ich such dir welche raus!

Warte, warte, warte, warte ...

Zumal die Konkurrenz ziemlich groß ist, oder?!

Erst mal auf Basis meiner Unterlagen, aber ...

Du wurdest echt angenommen?!

Wahnsinn!!

Nein, das ist ein Wahnsinnserfolg!

Ein paar Tage später

Hey! Aia-kun!

PLAPPER

PLAPPER

Stell dir vor, sie kriegt Direktnachrichten mit Jobanfragen!

Beziehungsweise ... richte dir ein Instagram-Profil ein, Jun-chan!

Ob ich mir bes-ser jetzt gleich ei Autogramm hole?

Also hab ich demnächst ein Bewerbungsgespräch.

Zeigst du mir, wie ich mich am besten dafür schminke?

Gut Mo ge

Ich wurde angenommen!

Guck mal!

Du schaffst es sicher auch ohne Make-up, oder?

Hey, da ist Sumisa- ki-san!

Schließlich hast du bei der Aoi-Con gewonnen.

Was? A... Aber ...

Nanu? Aia-kun?!

Da ... Da ich jobbe, hab ich keine Zeit für Klubs ...

Okay, und wir noch Models für den Kunst- klub!

Wir brau- chen noch Helfer für den Klub!

Sumisaki- san, hast du Inte- resse an Basket- ball?!

Mein Wutanfall ist kindisch.

Aia-kun!

OKHASAN TOKYO CHIYOG...

Ich will auch ...

OKHASAN TOKYO CHIYOGAMI

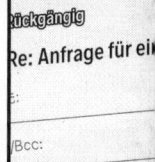

Rückgängig

Re: Anfrage für ei...

e:

/Bcc:

eff: Re: Anfrage für einen J...

Vielen Dank für Ihre Nachr
Mein Name ist Aia Udagaw...

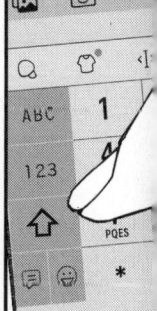

Aa

ABC 1

123

PQES

*

Welcher Stock?

Ich hab Sumisaki nichts gesagt, bevor ich herkam, aber das ist okay, oder?

Bei dem Job geht es schließlich rein ums Schminken.

Ach so, ähm, vierter!

Gehört er etwa zur Redaktion, zu der ich will?

Bitte sehr!

...elen ...ank.

Er muss auch in den vierten Stock.

Gern geschehen ...

... Aia Udagawa!

!

Sorry! Überrascht?

...ie ...

Mein Name ist Mori. Wir hatten gemailt.

Bin ich zu weit gegangen?!

Wie reagier ich am besten darauf?

Zumal ich schon wieder einen falschen Eindruck mache!

Oh? Bist du sauer?!

Entschuldigen Sie, dass ich unaufmerksam war!

Rein legen gilt nicht!

Me...

Hatte mir das Büro einer Redaktion unordentlicher vorgestellt ...

Noch einmal Glückwunsch zum Sieg bei der Aoi-Con!

Danke ...

Ihr wart wahnsinnig gut!

Ach, willst du einen Donut?

Ein Kollege, der früher kam?

Nein danke ... gerade nicht.

Bitte nimm a dem rot Stuhl dem Tis dort Pla

Ich bringe dir einen Kaffee

Dort sitzt ein Kollege, der schon länger da ist.

Oh Gott!

Ich hab vorhin beim Warten die Fotos gesehen.

Der Gewinner der diesjährigen Aoi-Con.

Yoyo kun, ist A Udag wa

Freut ... mich ...

Er kam gleich nach dem Abi aus Saga nach Tokyo und legte hier eine steile Karriere hin. Er ist einer der derzeit angesagtesten Nachwuchs-Makeup-Artists.

Udaga kun, d ist Gi Yoyo

?!

Danke ...

Das hier i sein Pe folio

93

Seine Farbgebung ist ungemein fein!

Er hat wohl auch ...mente aus ...m Make-... koreani-...her Idols ...nfließen ...assen.

...er individuelle ...Charakter des ...Models kommt ...utlich zur Gel-...ng. Gleichzeitig ...klar, dass dieser ...p hier das alles ...kreiert hat.

Was für eine Grundierung ist das wohl? Sie ist unglaublich natürlich.

Dieser Typ hier? Das?!

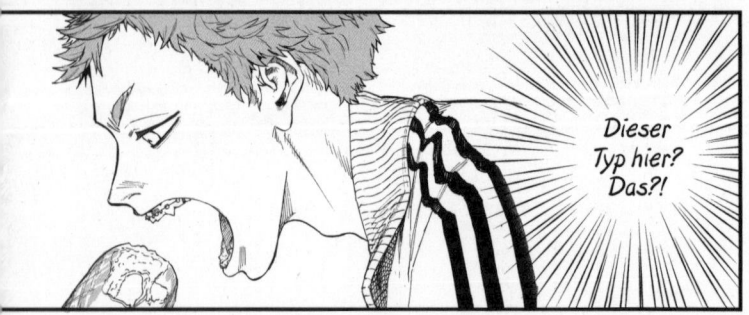

Ihr wisst sicher, dass wir ein Webportal für Frauen betreiben.

Dort bringen wir regelmäßig was zum Thema Make-up.

Okay, ich erklär euch unser Projekt.

Dank der positiven Resonanz steht nächsten Monat die denkwürdige zehnte Ausgabe der Serie an. Dafür ...

Wir laden jeden Monat einen Künstler ein, uns seine Vision der Welt zu einem bestimmten Thema vorzustellen.

Themen in der Vergangenheit waren Blumengarten, Regen, Gothic, etc..

... möchte ich euch bitten, eure jeweilige Vision des gleichen Themas zu präsentieren.

!

Ist euch bis hierhin irgend- was ...

Ey, sach mal ...

Passend zu eurem jungen Alter lautet das The- ma: »Frische jugendliche Welt«!

Bis nächste Woche reicht ihr den Entwurf für euer Make-up ein. Bis über- nächste Woche organisieren wir euch ein Model und ein Aufnah- meteam. Dann beginnen wir mit dem Foto- shooting!

96

Is das hier 'n Wettbewerb, oder was?

Aber da ist schon die Frage, wie viele Shares und Likes wir bekommen, oder?

Nein ...

Suc... er Stre...

Es geht nicht um Sieg oder Niederlage! Bitte macht euch davon frei.

Was soll'n das sein außer ein Battle?

Und diesmal holt ihr gleich zwei! Dazu noch Nachwuchskünstler!

Bislang habt ihr pro Thema einen Künstler eingeladen!

...ach ich, danke!

Komm gut heim!

Okay, ich freu mich auf die Abgabe eurer Entwürfe nächste Woche!

...

Aha ...

Ah ... Ja, bin ich ...

Peinliche Stille ...

ZWIRBEL

ZWIRBEL

Du bist der, der bis vor Kurzem noch Model war, oder?

WEH

Typen ...

Typen
wie du
kotzen
mich
an!

Was?

Schade,
nichts ge-
worden ...

Mitteilung des Ergebnisses

nicht weiter zu
verfolgen.
Es tut uns sehr leid.
Bitte bewerben Sie sich
wieder bei uns.

Vorsprechen für

Comdy Girls Casting

Wir feiern deinen Sieg bei der Aoi-Con!

Mach nicht schlapp ...

DURCHHÄNG

Zumal ich ihn heute eingeladen hatte und er abgesagt hat, weil er zu busy ist.

Hast du ihn verärgert? Eine Ahnung, warum?

Äähm ...

Habe ich was gemacht, das Aia-kun irritiert haben könnte?

Mensc Vorsprec gibt es v Sand a Meer!

Verrat mir lieber, wo dein Stylist ist!

Äähm
...

Ziiiem-
lich ...

... ähnlich,
würde ich
sagen ...

»Hey,
ändere
du dein
Konzept!«

Irgendwie
beruhigt es
mich ja, dass
mein Entwurf
dem des Profis
ähnelt. Aber
wenn er ...

. oder
o sagt,
b ich ein
oblem.

Das
Thema »Fri-
sche jugend-
liche Welt«
durch den
Glanzfaktor
jugendlicher
Haut auszu-
drücken ist
legitim.

Aber ich
würde eure
Entwürfe
gern durch
unterschiedliche
Farben differen-
zieren ... oder
indem ich den
Fokus auf die
Augen oder
die Lippen
lege.

Alles
klar!

102

Vom Image her denke ich an Zitronen oder Orangen ...

Ja, damit dürften sich auch eure Konzepte nicht überschneiden.

Um die Transparer zu betonen, h ich alles in bla Farben gehalt Aber ich neh gern Gelb

Dafür will ich aber in Grün akzentuieren dürfen.

Obwohl ich Panik bekommen und ihm Egoismus unterstellt hab ...

Ja ...

Dieser Mann ...

... ist ein Profi.

BLUSH

Ist das oka für dich Udagaw kun?

Er ändert sein Konzept.

Selbst wenn man dafür seine Origi- nalität ...

Was?

... und so verfälscht?

Ist man Profi, wenn man flexibel auf die Anforderungen seines Umfelds reagiert?

Okay, Udagawa-kun, kannst du dann die Stimmung deines Konzepts noch ein bisschen spezifizieren, da- mit es differen- zierter ist?

Schaffe ich es umgekehrt als Profi, wenn ich so kompromisslos bin wie jetzt?

Nein ... Nichts ...

Komm schon, spuck's aus!

Yoyogi-kun, deine Wortwahl ...

Pipifax! Wenn du deshalb sauer wirst, schaffst du's nie.

Stört es dich, deine Vision ändern zu müssen weil dein Vorgesetzter es dir befohlen hat?

Du kriegst deins auf dem Silbertablett! Mach was draus!

Mann, ich hab mein Konzept für dich geändert!

Der Erfahrenere ... Aha ...

Udagawa-kun, er mag hart klingen, aber lass dich davon bitte möglichst nicht beeindrucken! Okay?

Zumal ich mir sicher bin, dass Yoyogi-kun als der Erfahrenere von euch beiden dir zumindest Tipps gibt.

Während ich innerlich rebellierte ... während ich beim Cosplay-Contest den ersten Platz machte ...

Wenn das die Einstellung eines Profis ist, dann geht mir das tatsächlich komplett ab.

... liefen Leute, die nicht viel jünger waren als ich, in Scharen an mir vorbei.

Bis morgen!

Aia-kun ...

... grämt sich.

Wenn ich früher angefangen hätte ...

Wenn ich früher Ernst gemacht hätte ...

... wäre ich jetzt sicher lockerer.

Was machst du denn hier?!

Ich dagegen bin beim Vorsprechen durchgefallen.

Ich hatte einen Job, aber leider lief es nicht so gut.

Danach bin ich automatisch hierher.

Einen Job?! Wahnsinn!!

...

...arum ...rsteht ...e ihn?!

Ich mache dich auch überhaupt nicht dafür verantwortlich, dass du mir nicht gezeigt hast, wie man sich korrekt schminkt, okay?!

Ich meine...

Äähm...

Ach, du musst mich nicht trösten, keine Sorge!

Deshalb die Ohrlöcher?

Ja! Billige Methode, oder?

...h, ...tig!

Ich hatte nicht wirklich den Eindruck, dass ich mich gut rüberbringen konnte.

Es war ganz anders als bei der Aoi-Con.

Eher dachte ich, ich muss mich noch viel, viel mehr verändern.

Trifft sich gut...

Bitte ...

... stich du mir meine Ohrlöcher!

Ich trau mich auch nicht!

Selbst trau ich mich nicht! Tut zu weh ...

Außerdem bist du geschickt!

Ah ha ha

Was?!

Du meintest doch neulich, dass du Angst hast herauszufinden, dass du womöglich ein fragiles Wesen bist.

Na ja, das mit der Wehtun war hal geloge ...

Ich bin neugierig darauf, wie ich aus- sehe ...

... nachdem ich abgerupft und geknickt worden bin.

Schließlich hast du mir vor Augen geführt ...

HA..

... dass ich eine Sonnenblume bin.

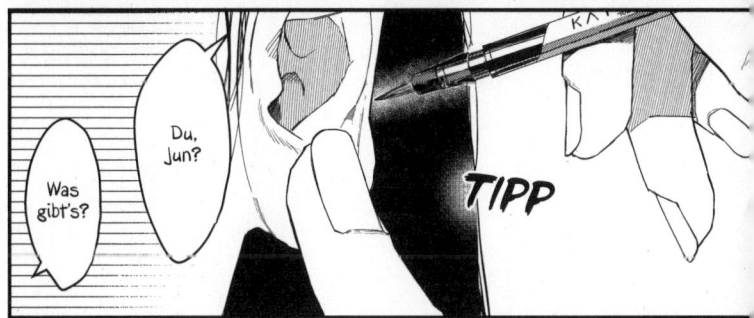

Was gibt's?

Du, Jun?

TIPP

Denkst du, es ist zu spät für mich, ernsthaft Make-up-Artist zu werden?

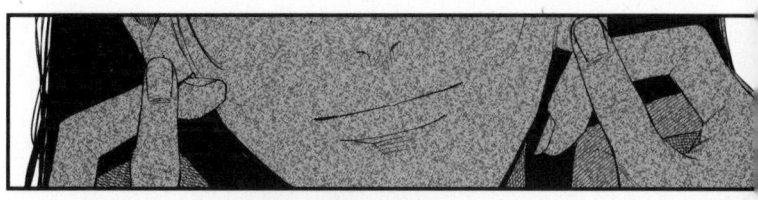

Würdest
du es lassen,
wenn ich Ja
sage?

Nein.

116

Su- misaki?

Darf ich dich um etwas bitten?

Guten Morgen!

Morgen! Äh?

FUNKEL

117

118

Kapitel 3: Bless

BLESS

Yoyogi-san ...

Aber wenn wir gleichzeitig schminken und unsere Models jeweils sofort fotografiert werden, sparen wir Zeit.

Außerdem belasten wir so die Haut der Models weniger.

Laut Plan sollen wir beide nacheinander das gleiche Model schminken, das dann jeweils fotografiert wird, oder?

Stimmt's, Mori-san?

Ich mache
dich heute
so schön wie
nie zuvor!

ZURÜCKDREH

...hf, neu, aber
...gfältig ge-
...egt und viel
...nutzt, das
...kennt man.

Das ist
Yoyogi-sans
Werkzeug ...

Ich
freu
mich
drauf!

Okay,
los
geht's.

126

Ach, echt?

Schafft er das wirklich? Dieser Oberschüler?

Gute Frage, vor allem da Yoyogi-kun wild entschlossen ist, das Ding zu gewinnen.

Genau. Auf der anderen Seite Udagawakun, geboren und aufgewachsen in Tokio.

Er hatte sogar kleine Jobs, wie zum Beispiel Chef-Make-up-Artist eines studentischen Filmklubs.

Bereits bevor er von Saga nach Tok kam, verkaufte s Yoyogi-kun in d sozialen Netzw ken, und zwar n getrieben von s ner Leidenscha für Make-up

Er hat unmittelbaren Zugang zu den neuesten Trends. Außerdem ist er noch Schüler und die Welt steht ihm offen.

Er ist ein Frauenschwarm und war früher Model. Das heißt, er hat aus dieser Zeit auch noch Netzwerke. Und zu guter Letzt ist da noch seine Aoi-Con ...

Ein Selfmademan ... mit anderen Worten?

Er verdiente sich beim Jobben seine Lebensunter und bildete s bei Fotosho tings weiter

Udagawa-kun hat das große Glück, sich dessen nicht bewusst zu sein.

Aber natürlich will Yoyogi-kun auf keinen Fall gegen einen solchen Konkurrenten verlieren und legt sich ins Zeug.

Mori-san ...

Das überrascht nicht.

Dir ist klar, dass du bereits in meiner Liga spielst, oder?

Auf die Sets der Profis mag das zutreffen.

In der Welt der Profis akzeptiert niemand, dass du sagst, du willst nur diese eine spezielle Person schminken.

Trotzdem bin ich mir sicher.

Bumisaki personifiziert für mich frisch und jugendliche.

Deshalb bat ich sie heute, mein Model zu sein.

Hast du gar keinen Stolz, oder was?

Den habe ich längst abgelegt.

-kun ...

. will sich verändern.

Aia-kun ...

Genau, noch bin i[ch] schwach[...]

... verletzt zu werden.

Aber ich habe kein[e] Angst mehr[.]

Es fällt mir leicht, sie zu schminken.

Ach so!

Außer dem is[t] Sumis[...] für mi[ch] hier.

Dadurch hat ihr Körper abgespeichert, was ich jeweils als Nächstes tue.

Ich habe sie immer wieder für die Aoi-Con geschminkt ...

Dafür senke ich den Blick und ziehe das Kinn ein.

Jetzt kommt bestimmt die Wimpernzange.

Die beiden sind voll bei der Sache, gut.

Interessant, wie unterschiedlich ire Ansätze bei dem gleichen Konzept sind.

Haare und Make-up bitte!

Ginga-kun ist das genaue Gegenteil.

Er hat noch ine Farben nutzt, aber elbst wenn jetzt schon aufhören sste, wäre s Resultat glänzend genug.

Er trägt den Primer fein auf ... Er arbeitet ihn gründlich ein.

Udagawa-kun ist be-eindruckend routiniert ...

Er hat den Primer blitz-schnell aufge-tragen, aber die Haut trotzdem schön glänzend hinbekommen.

Was sicher heißt, dass er Zeit zum Akzentuieren haben will.

136

137

Bin ...

... fertig!

139

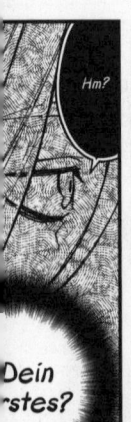

Hm?

Dein
rstes?

Professionelle Models sind wahnsinnig natürlich.

Es ist mein erstes Shooting, aber ich gebe mein Bestes.

Okay.

Das Model posiert auch gekonnt. Ein tolles Paar!

Yoyogi-kun hat sein Make-up echt perfekt abgerundet!

Äääh?

Sumisaki-san, entspann dich, ganz ruhig!

... aber vor der Kamera st sie eine nfängerin!

Verstehe ... Sumisaki kann zwar laufen ...

Lach natürlich!

Hey!

SST

Lasst uns kurz Pause machen!

Egal wie sie guckt, sie wirkt immer ein bisschen steif ...

Das wurmt mich.

Was?

Dein Make-up ist spitze, aber ich schaffe es nicht, das rüberzubringen.

Ich bin es einfach nicht gewohnt.

Tut mir leid, Aia-kun.

Ich hatte beim Schminken die natürliche, unverstellte Sumisaki vor Augen.

Deshalb sei bitte so selbstbewusst ...

... wie möglich.

Die natürliche Sumisaki ...

Richtig!

Hallo!

Wir müssen hier in zehn Minuten raus!

Schafft ihr das?

... lacht Sumisaki selbstbewusst ...

Hoffent-lich ...

Wenn ich die Schultern entspanne, wenn er die Kamera auf mich richtet ...

Hoffent-lich ...

SST

RAUSCH

Uaah ...

PFEIF

... gibt mein Make-up ihr den nötigen Schub.

148

...; auf diese Bühne ...

Ich will auch ...

Yoyogi-san!

Was fällt euch ein, so gute Fotos zu produzieren?

SPRUDI

Ich konnte mich diesmal einfach nicht mit den Standards zufriedengeben.

Ich weiß auch nicht, warum.

Du nervst bis zum bitteren Ende, Mann!

Na, warum wohl? Weil es dir ernst ist!

... die ummer eins!

Du machst bei gewissen Dingen keine Kompromisse.

Dinge, dir mir wiederum nicht so wichtig sind.

Deshalb habe ich diesmal eingelenkt.

Das ist alles.

Wobei ich in einer Sache hart bleibe.

Ich werde ...

Ich komme aus einer Kleinstadt in Saga.

Selbst mit dem Smartphone lässt sich die physikalische Entfernung nicht überwinden.

Da gibt's kaum Verkehrsmittel. Jobs für Teenager beschränken sich auf Aushilfen im Convenience Store und im Supermarkt. In der Provinz ist der Mindestlohn so niedrig, dass man nichts ansparen kann.

Events, Bühnenperformances, Shows ... Das Neueste spielt sich meist in Tokyo ab.

Produkte, die man am Erstverkaufstag aus Tokyo bestellen kann, kommen in der Regel erst Tage später an.

Wenn du mich fragst, erweckst du damit den Anschein von Hoffnung.

Aber

Grausame Worte.

... »echte Leidenschaft steht dem nicht im Weg« willst du sagen?

151

Ich kann das blödsinnige Gefälle zwischen Tokyo und der Provinz nicht annulieren.

Es gibt nichts Frustrierendes, als seinen Traum aus nichtigen Gründen platzen zu sehen und dann das Label aufgedrückt zu bekommen, dass man »nicht leidenschaftlich genug« gewesen sei, oder?

Es gibt etliche Leute aus deinem Milieu und mit deinem Glück, deren Traum nicht in Erfüllung geht, ganz egal, wie sehr sie für ihn brennen.

Aber ich mache jeden Ort der Welt, wo auch immer ich bin, zum Hotspot.

Das ist mein Traum.

Aia-kun! Mori-san fragt, ob du Kaffee ...

Was ist de[r] Trau[m] ...

... Aia Udawaga?

Ich ...

...möchte Make-up kreieren, das Menschen feiert.

Hallo? Yoyogi-kun? Du warst super! Wie immer!

Der Oberschüler hatte auch ein hohes Niveau. Er hat sich sogar noch gesteigert.

Yoyogi hat das Make-up-Thema diesen Monat wie erwartet mit Bravour gemeistert.

NEWoWan

BLÖRK

Bei den
Zahlen hab
ich so gut wie
verloren!

Ich sagte
doch, es
geht nicht
um Sieg
oder Nie-
derlage!

Na ja,
wobei
Udagawa-
kun sich
schon ver-
dammt gut
geschla-
gen hat.

BLESS
Celebration

Udagawa-kun! Ich habe die Page mit deinem Make-up gesehen!

Hey, ich auch!

Udagawa-kun! Ich bin im Theaterklub. Kannst mir zufällig Tipps geben?

Jun-c[...] sah s[...] aus[...]

Ich wünschte, du könntest mir das beibringen!

Was? Mir auch!

Klar.

Morgen!

Gern.

Aia-kun, dein Handy klingelt.

Weiter geht's in Band 2!

Vorschau a
Band 2

Willkom-
men bei
Mirror!

Die Kader-schmiede der Elite

Um seine Make up-Technik zu verfeinern, besucht Aia eine Make-up-Artist-Schule. Seine Konkurrenz besteht ausnahmslos aus extrem begabten angehenden Make-up-Artists, die aufs Heftigste miteinander wetteifern. Gleichzeitig arbeitet Jun stetig darauf hin, sich ihren Kindheitstraum vom Modeln zu erfüllen ...

Der Hit aus dem Magazin *Edge*!

BLESS

Bald im Handel erhältlich!

TOKYOPOP GmbH
Hamburg

TOKYOPOP
1. Auflage, 2024
Deutsche Ausgabe/German Edition
© TOKYOPOP GmbH, Hamburg 2024
Aus dem Japanischen von Maria Römer

© 2022 Yukino Sonoyama. All rights reserved.
First published in Japan in 2022 by KODANSHA LTD., Tokyo.
Publication rights for this German edition arranged through
KODANSHA LTD., Tokyo.
Original cover design: arcoinc

Redaktion: Sabine Scholz
Lettering: Vibrant Publishing Studio
Herstellung: Alina Kronenberg
Druck und buchbinderische Verarbeitung:
CPI–Clausen & Bosse GmbH, Leck
Printed in Germany

Wir achten auf die Umwelt.
Dieses Produkt besteht aus FSC®-zertifizierten
und anderen kontrollierten Materialien.

ISBN 978-3-8420-9749-0

www.tokyopop.de

BLESS

BAKEMONOGATARI
NISIOISIN / OH!GREAT / VOFAN

**»Monster kommen nicht hierher.
Sie waren schon von Anfang an da.«**

Seit Araragi von einem Vampir gebissen wurde, gerät er immer wieder ins Zentrum übernatürlicher Ereignisse. Auch seine Klassenkameradin Senjogahara ist von so einem Mysterium umgeben: Als sie ihm in die Arme fällt, bemerkt er, dass sie im wahrsten Sinne des Wortes nicht mehr wiegt als eine Feder. Araragi bietet seiner misstrauischen und überaus wehrhaften Mitschülerin Hilfe an. Doch hinter ihrem Zustand steckt ein düsteres Geheimnis, das Senjogahara mit niemandem teilen will ...

www.tokyopop.de

MY CAPRICORN FRIEND

Otsuichi / Masaru Miyokawa

Text: **Otsuichi** / Zeichnungen: **Masaru Miyokawa**

Er trägt die Sünden aller Menschen auf seinem Rücken

Yuya Matsuda besitzt einen Balkon, auf den der Wind allerlei
Sachen weht, beinahe als kämen sie aus einer anderen Dimen-
sion. Eines Tages fällt ein Zeitungsschnipsel in seine Hände, der
von einem Mord berichtet – einem Mord in der nahen Zukunft.
In seiner Schule ranken sich viele Gerüchte um Akira Kaneshiro,
der unter anderem den Mitschüler Naoto Wakatsuki auf brutalste
Weise mobbt. Als Yuya am Abend einkauft, begegnet er Naoto ...
der einen blutigen Schläger in seiner Hand hält.

www.tokyopop.de

STOPP!

**Dies ist die letzte Seite des Buches!
Du willst dir doch nicht den Spaß verderben
und das Ende zuerst lesen, oder?**

Um die Geschichte unverfälscht und original-
getreu mitverfolgen zu können, musst du es
wie die Japaner machen und von rechts nach
links lesen. Deshalb schnell das Buch um-
drehen und loslegen!

So geht's:

Wenn dies das erste Mal sein
sollte, dass du einen Manga
in den Händen hältst, kann dir
die Grafik helfen, dich zurecht-
zufinden: Fang einfach oben
rechts an zu lesen und arbeite
dich nach unten links vor.
Viel Spaß dabei wünscht dir
TOKYOPOP®!